스모크

웃어요! —셀축과 존

(존 버거 그림)

스모크
SMOKE

존 버거 글
셀축 데미렐 그림

김현우 옮김

열화당

프롤로그

"아니 땐 굴뚝에 연기 나랴."

이 말을 맨 처음 했던 사람은 어떤 소문이든 근거가
있게 마련임을 암시하고 싶었을 것이다.

오늘날 미디어에서 쏟아내는 말들은 종종 불길을
가리기 위한 연막처럼 작용한다.

북한 정부가 막 자신들이 잠수함에서 발사하는
수소폭탄 실험을 마쳤다고 발표했다. 이것이
사실인지 허풍인지를 놓고 끝없는 토론이 벌어지고
있다.

전 세계의 바다에 육십여 정의 완전무장한 잠수함이
밤낮으로 명령만 기다리고 있다는 사실에 대해서는
누구도 생각하지 않는다.

한때는 남자와 여자,
심지어 어린이들도
(남몰래) 담배를 피웠다.

9

"불 빌려 드릴까요?"

"고맙습니다."

다른 한 명이 담뱃갑을 내밀며 말한다.

"그쪽도 한 대 피우시죠."

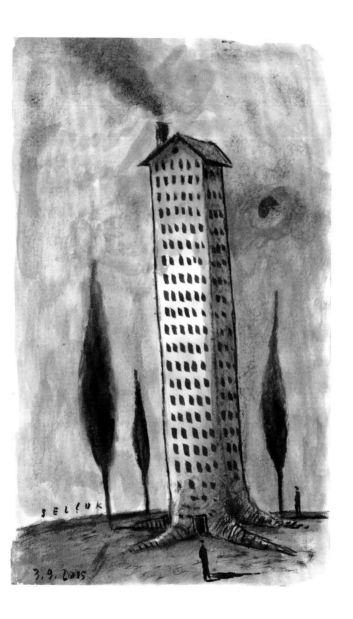

11

담배를 함께 피우며
우리는 세상에 대한
견해를 교환했다.

서로의 여행을 이야기했고,

계급투쟁에 대해 토론했다.

SELÇUK

우리는 꿈을 교환했다.

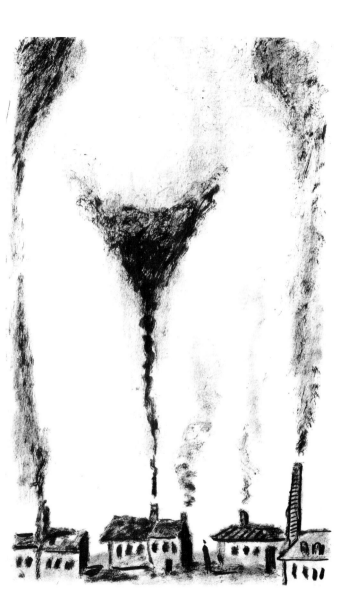

우정을 나누었다.

우리는 기차에서 담배를 피웠고
심지어 비행기에서도 피웠다.

SELÇUK 5.9.2015

테니스 시합 사이의 쉬는 시간에 담배를 피웠고,

식당에서도 피웠다.

재떨이는 호의를 나타내는 물건이었다.

SELÇUK

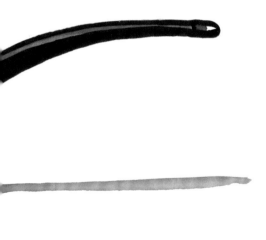

29

그러다 어떤 일이 벌어졌고
모든 것이 달라졌다.

흡연이 죽음에 이르게 한다고
공포되었다.

흡연이 사회악이 되었다.

흡연자는 부주의한 살인자가 되었다.

그들은 어린이를 포함한 주변 사람들을
위험에 빠뜨린다.

흡연자를 악마로 묘사하는 캠페인이
시작되었다….

흡연은 고독하고, 도착적인 행동이 되었다.

SELÇUK

그 사이, 제약 없이 쏟아낸
일산화탄소로 인해 지구온난화는
계속 진행되었다.

SELÇUK   14.5.2015

49

폭스바겐은 그들이 제조한 차량의
배기가스에 대해 거짓말을 했다.

그 사이, 공공장소에서는 실내나 실외를 가리지 않고
애연가들이 사라졌다. 같은 은신처로 흘러 들어간
그들은 추방자가 된 서로를 보며 행복해 했다.

그저 담배 한 대 피우며 이야기 나누는 시간을….

이걸 긴 이야기로 만들어 보자.

Belu Horizante – Brésil 12. Oct. 2015   S E L S U R

에필로그

꿈이었던가? 아니면 에드가 삼촌의 권유로
직접 아이슬란드에 갔을 때였던가?
내 생각엔 아이슬란드의 수도인
레이캬비크(Reykjavik)에서 이틀을 머물렀던 것
같다.

아이슬란드어로 레이캬비크는
'연기의 만(灣)'이라는 뜻이다.

그 도시가 세워진 만 근처에 뜨거운 간헐천이
있어, 늘 김이 올라왔기 때문이다.

레이캬비크에서 만난 어떤 남자는 북극의
툰드라 지대에서 겪었던 모험담을 들려 주었다.
그는 네 명의 동료와, 썰매를 끄는 맬러뮤트
개들과 함께 그곳에 갔다고 했다.

그들은 여행을 하는 며칠 동안, 혹독한 추위가
닥치는 밤이면 서로 옹송그리며 모여 있었다.
그렇게 역사에 대한 감각을 잃어 갔다.

온 세상에 개와 얼음밖에 없는 것 아닐까 하는
의구심마저 들었다.

그러던 어느 날 아침, 그들은 툰드라의 먼
지평선에서 연기가 하늘 위로 올라가는 광경을
목격했다. 그들은 활기를 되찾았다. 사람이
있다는 신호였다.

그 연기는 이누이트 유목민들이 피운 불인
게 분명했다. 연기를 뜻하는 이누이트어는
푸부(puju), 푸유(puyu), 혹은 푸유그(puyug)다.

존 버거(John Berger, 1926-2017)는 미술비평가, 사진이론가, 소설가, 다큐멘터리 작가, 사회비평가로 널리 알려져 있다. 처음 미술평론으로 시작해 점차 관심과 활동 영역을 넓혀 예술과 인문, 사회 전반에 걸쳐 깊고 명쾌한 관점을 제시했다. 중년 이후 프랑스 동부의 알프스 산록에 위치한 시골 농촌 마을로 옮겨가 살면서 생을 마감할 때까지 농사일과 글쓰기를 함께했다. 저서로『피카소의 성공과 실패』『예술과 혁명』 『다른 방식으로 보기』『본다는 것의 의미』『말하기의 다른 방법』 『센스 오브 사이트』『그리고 사진처럼 덧없는 우리들의 얼굴, 내 가슴』 『존 버거의 글로 쓴 사진』『모든것을 소중히하라』『백내장』『벤투의 스케치북』『아내의 빈 방』『사진의 이해』『몇 시인가요?』『우리가 아는 모든 언어』『풍경들』 등이 있고, 소설로『우리 시대의 화가』『여기, 우리가 만나는 곳』『G』『A가 X에게』『킹』, 삼부작 '그들의 노동에' 『끈질긴 땅』『한때 유로파에서』『라일락과 깃발』이 있다.

셀축 데미렐(Selçuk Demirel)은 1954년 터키 아르트빈 출생의 삽화가이다. 1978년 파리로 이주하여 현재까지 그곳에 살고 있다. 『르 몽드』『르 누벨 옵세르바퇴르』『더 워싱턴 포스트』『더 뉴욕 타임스』 등의 일간지와 잡지에 삽화를 발표했고, 삽화집 및 저서가 유럽 및 미국의 여러 출판사에서 출간됐다. 존 버거와 함께 그림 에세이 『백내장』과『몇 시인가요?』를 출간했다.

김현우(金玄佑)는 1974년생으로, 연세대학교 영어영문학과를 졸업하고 동대학원 비교문학과 석사과정을 수료했다. 역서로『스티븐 킹 단편집』『행운아』『고딕의 영상시인 팀 버튼』『G』『로라, 시티』 『알링턴파크 여자들의 어느 완벽한 하루』『A가 X에게』『벤투의 스케치북』『돈 혹은 한 남자의 자살 노트』『브래드쇼 가족 변주곡』 『그레이트 하우스』『우리의 낯선 시간들에 대한 진실』『킹』『아내의 빈 방』『사진의 이해』『몇 시인가요?』『우리가 아는 모든 언어』『초상들』, 삼부작 '그들의 노동에'『끈질긴 땅』『한때 유로파에서』『라일락과 깃발』 등이 있다.

스모크

존 버거 글 | 셀축 데미렐 그림
김현우 옮김

초판1쇄 발행일 2016년 9월 20일
초판2쇄 발행일 2020년 3월 1일
발행인 李起雄 발행처 悅話堂
전화 031-955-7000 팩스 031-955-7010
경기도 파주시 광인사길 25 파주출판도시
www.youlhwadang.co.kr yhdp@youlhwadang.co.kr
등록번호 제10-74호 등록일자 1971년 7월 2일
편집 이수정 박미 디자인 이수정
인쇄 제책 (주)상지사피앤비

ISBN 978-89-301-0531-6 03840

이 도서의 국립중앙도서관 출판시도서목록(CIP)은
e-CIP 홈페이지(http://www.nl.go.kr/ecip)에서
이용하실 수 있습니다.(CIP제어번호: CIP2016019345)